KB132855

불탄 나무의 속삭임

곰곰나루시인선 005

불탄 나무의 속삭임

박상봉 시집

곰곰나루

시인의 말

스물두 살에 딸을 낳았다. 또래의 친구들이 대학 다니며 공부할 시기에 우윳값 한 푼이라도 벌려고 발걸음이 바빴다. 궁핍한 시절 주변의 지인들이 심심찮게 내게 찾아와 손을 벌렸다. 책 살 돈, 쌀 팔 돈이 필요하다는데 주머니에 꿍쳐 넣어둔 것을 꺼내어 줄 수밖에 없었다.

제대로 먹이지도 입히지도 못한 아이는 무럭무럭 잘 자랐다. 아이가 클수록 마음이 급해졌다. 자질구레하게 생각할 것들도 많아져 답답하면 바다로 달려갔다. 바다를 바라보고 있기에 시간은 너무 짧았다. 마흔아홉 살에 첫 시집을 내고 예순이 넘어 두 번째 시집을 엮는다. 나의 생은 말없음표로 길게 이어져 있다.

— 2021년 7월 박상봉

불탄 나무의 속삭임

차례

제2부

제3부

제4부

제1부

먼나무

간이역에 나를 내려주고
서둘러 제 갈 길 가는 기차

꽁무니가 보이지 않을 때까지
오래 바라보았네

언제 올는지 모르는 기차를 기다리며
청마루에 걸터앉아

하염없이 먼 데를 바라보던
기찻길 옆 오두막집 어린 소년은

기차가 떠나고 없는 텅 빈 역사 앞에
오늘도 먼나무처럼 홀로 서 있네

기다려도 오지 않는
그대는 나의 먼 나무입니다

다가간다는 것

봄볕에 눈 녹을 때
개울물 찰방대는 소리
귀 기울이고 가만 들어봐
봄볕이 얼마나 반가우면
봄길 재촉하는 소리, 저리 즐거울까

다가간다는 것은 흐르는 일이다
겨울에서 봄으로 가듯
시냇물이 강물에 가닿고 바다에 이르듯
껴안고 흐르는 일이다

다가간다는 것은 스며드는 일이다
고스란히 곁으로 가서
너와 나, 경계가 없어지고
몸 섞으며 하나 되는 것

다가간다는 것은 사랑하는 일이다
둥글어지고 무르익는 일이다

>

날마다 누군가에게 다가간다는 그것
얼마나 설레고 흥미로운 일상인가

장미

오월이 오면
장미를 다시 만날 수 있을까

내가 사귄 여자들은 다 가시가 있어
무수히 손 찔리며 아파하던 기억만 남았는데
장미는 나를 아프게 하지 않았네

사람들은 장미를 아름다운 꽃으로 만나지만
나의 장미는 꽃잎 열릴 때마다
숨 막힐 듯 붉은 빛깔로 안겨 왔네

어느 공업고등학교 담벼락에 붙어선 장미와
첫 키스를 나누었을 때, 입술에 스며드는
햇살과 바람이 얼마나 감미로운지
물로 씻어내도 오래도록 그 향기 지울 수 없었네

한 번은 장미를 끌어안고 잔 적 있는데
낮달의 엉덩이를 만지는 듯

몽실몽실 몸 맛이 구름처럼 달콤했네

아침에 일어나니
온다간다 말도 없이 장미는 떠나고
이불 위에 붉은 꽃잎 몇 장 떨어져 있었네

이제는 중년 넘어 천명을 알 나이
붉은 상처의 문밖에 긴 그림자 드리우고
가로수 밑으로 떨어지는 그리움
하염없이 쓸고 있을 뿐이라네

불탄 나무의 속삭임

이리 불붙어도 되는 걸까

한 나무가 다른 나무 향하는 마음 깊어지면
왕릉 앞인들 상피붙겠다

내 몸에 나뭇잎 다 떨구고 난 뒤에도
불타오를 수 있다는 그것

물푸레나무 바라보는 하늘이 눈부시기 때문인데

달빛보다 환하게 몸살 앓는 꽃자리
당신과 나는 활자와 활자 사이, 지워지고 지워지는 사이
불탄 나무의 속삭임 몸 시리다

이게 제대로 사는 걸까 제대로 죽는 걸까
물푸레 여린 나뭇가지 어깨 살짝 깨물어 보니
아. 흐. 낮은 콧소리

>

발밑에 검붉은 세월 묻어두고
강물 넘치도록 아우성치며 불타오르는 나무

참 깊은 종소리다

말복

발아래 흐르는 강물 물끄러미 내려다보는 날이다
주머니 속에 감춘 우울 만지작거리는 날이다
큰 잎사귀 위에 잠시 앉아 쉬기도 하는 날이다
아득했던 소식도 쉽게 찾아오는 날이다
약속 없이 애인을 만날 수 있는 날이다
덥거나 뜨겁거나 한 일을 잊고 바쁘게 움직이기도 하는 날이다
땀으로 목욕한 듯 등판이 칙칙 달라붙는 하루
땡볕에 뜨겁게 달구어진 아스팔트
쥐덫이 입을 벌리고 있는 모양새다
목구멍 깊숙이 새초롬한 사과 꼭지 하나
거부할 수 없는 유혹이다
철커덕 발목 걸려들고 싶은 팜므파탈이다
주렷대 꽁꽁 묶인 그리움
곰삭아 찌찌 지린내 나는 돼지불알이다
귀뚜라미 우는 소리가 성스러운 밤이 오기도 전에
찔끔 오줌부터 지리는 견딜 수 없는 말복이다

너의 작은 것

오늘도 성호공원 단원조각광장에 가서
너를 만났다

스물두 폭 풍속화점 환하게 펼쳐진 공원 안
향훈 그윽한 바람의 화원

자산홍 잎사귀 붉은 물오른
너의 작은 것을 오래 바라보았다

그리움이 깊으면 젖도 탱탱 붉어지는가

물빛이 나뭇잎으로 검어지는, 산책하기에 알맞은 달*
너에게로 가는 아침 산책길이 무뚝뚝한 안개 속이다

단풍 든 노란 샛길 따라
수지법으로 더듬어 가야 할 문장이다

너의 작은 것이 오늘은 남종화풍이다

* 인디언들은 11월을 '물빛이 나뭇잎으로 검어지는 달'(크리크 족),
'산책하기에 알맞은 달'(체로키족) 등으로 불렀다.

안목

아무도 없는 한적한 곳에 혼자 있고 싶을 때
봄이 더디 오는 것이 답답해 견딜 수 없을 때
어머니 품에 쓰러져 안기고 싶을 때
여행 떠나 자기를 들여다보고 싶을 때

언제나 찾아갈 수 있는 바다가 있다
세상을 들여다보는 안목을 얻을 수 있는 곳

방파제 딛고 올라 먼바다 굽어보면
사랑이란 서로의 손을 어루만지고
가깝게 다가가 서로 껴안는 행로가 아니라
바다를 보듯 멀찍이 응시하는 것임을 알게 된다

생의 반환점 돌고 있는 불혹의 나이
잘못 살았다고 후회하지 말자

인생이란 욥과 같아
행복의 단맛 핥으려 다가서면

사정없이 나락으로 내동댕이쳐지게 마련이다

남의 땀, 남의 눈물 대신 흘리는
고독한 생을 되씹다가
너를 두고 나 먼저 무덤에 들 때
길바닥에 뼈를 묻고 떠나는 것

안목 바다에 가서 부르튼 발바닥 씻고 온다

휘파람새

새벽에 일어나 새소리를 듣는다
낯선 새다 아침마다 내 방 창가에 다가와
에어컨 실외기 위에 앉는 비둘기도 아니고
까치도 아닌 종달새도 아닌 처음 듣는 새소리다

귀를 쫑긋해 본다
휘파람, 휘파람새다
휘파람 불 듯 쫑긋한 입술로 귓밥을 간질이는 소리

앞소리와 뒷소리 사이 돌림노래 같은
후렴으로 따라오는 음이 있다
소리에 겹이 있다 사람과 사람 사이처럼

나는 늘 섬이었다
바닷속으로 치마를 뻗치고 가라앉은 섬
깊은 웅덩이에 나를 가두고 살았다

거기서, 불볕 같은 소망 품고 살았는데

무엇을 그토록 갈망하며 애타게 기다려왔는지
이제 알 것 같다 그것은 나였다
거울을 들여다보는 나를 들여다보던 나

휘파람 소리 또 들린다
멀미, 멀미가 난다
철길 위로 달리는 기차바퀴처럼
세월이 숨 가쁘게 지나간다

늦가을 단풍

내 나이 어느덧 해가 지듯 저물어간다

새벽 찬 서리에 기침 소리 잦아지고
돌아보면 외진 산길 울퉁불퉁 걸어온 인생

험한 세월 비바람 속에서 길을 잃고 헤매며
강바닥에 뒹구는 돌같이 살았다

한때 빛나던 시간 아름다운 색깔을 지녔으나
강물에 첨벙 발 담그고 들어가 돌 하나 건져보면
어느 길에나 널린 평범한 돌덩이 까칠하게 만져질 뿐이다

세찬 빗줄기 맨몸으로 맞으며 뛰고 달리던
가슴이 펄펄 끓던 청년은 간 곳 없고

희어진 머리카락, 넉넉한 뱃살에 한숨짓고
눈물 떨구며 우울증에 빠지기도 하지만

>

이제는 절로 고개 숙여지는 무르익은 나이
저만치 창가에 차오르는 햇살부터 느낌이 다르다

쨍하고 어수선한 한여름의 그것보다
어딘가 모르게 한풀 꺾인 뉘엿뉘엿 여유로움이 느껴지는 가을

지천명의 가을은 오금 저리게 아름답고
한껏 보기 좋은 환한 날이다
온 산 다 껴안고 나서 비로소 물드는 절정의 단풍나무 숲으로
무거운 짐 벗어놓고 가야 할 길이다

늦가을 키스

늦은 가을날 기차에서 잠깐 흔들렸던가
눈은 감고 있었던가 뜨고 있었던가

칸칸마다 뼈아픈 시절 나누어 싣고 하행하는 기차 안
더듬더듬 캄캄한 동굴 속 지나갈 때, 머뭇거리며
아무도 내리는 이 없는 간이역 지나칠 때, 난간에 기대어

참 미묘한 떨림이었네
화끈 낯이 붉어지는 순간, 시가 나를 찾아왔네
언제 가을이 내 안에서 이토록 뜨거운 적 있었던가

차창 바깥으로 스러져가는 황혼을 한껏 끌어안고
단풍잎 붉은 차창 밖, 낯선 마을 뒷길에, 감나무에 매달린 홍시 같은
새콤달콤한 맛 오래 음미하고 싶었으나
세월보다 빠른 속도로 달아나는 가을 붙잡아둘 수 없었네

>

늦은 가을날의 키스, 안주머니에 넣어두고
생각날 때마다 몰래 꺼내어 읽을 수 있다면

손에 땀이 차는데, 잡은 손 놓기 싫어
역방향으로 자꾸 뒷걸음치던 나,

허방 짚고 다닌 삶, 모두 용서받을 수 있을 것 같았네

사랑은 바람 같은 것

창자가 뒤틀리는 아침이에요
몸속에 들어앉은 돌을 빼내려고
애끓는 고통으로 몸부림치며
나, 울고 있을 때
당신은 어디에 있었나요

지나가는 바람 같은 당신
나뭇잎 흔들며 다가오기도 하지만
붙잡을 수 없는 당신

일렁이는 물살이 당신인 줄 알고
손으로 잡으려 하였으나
매몰찬 물기만 남기고 가버린 당신

펄펄 내리는 눈발에 당신이 온 줄 알고
눈덩이 굴려 뜰 안에 들여놓았더니
입춘 오기도 전 차마, 녹아버린 당신

늘 곁에 있는 줄 알았는데
손 잡으려 하면
흔적 없이 사라지고 마는
사랑은 바람 같은 것

애끓는 그리움으로 바라보는
저녁 하늘에 노을이 타네요

날카로운 첫 키스의 추억

열여덟 살에 첫 키스가 나를 찾아왔네
내 입술에 다른 입술이 달라붙은 것 같은 감촉이
보름 이상 지속되었네

그날의 첫 키스 잊을 수 없어
첫사랑 그 소녀를 평생 찾아다녔네

덧니 뽑고 나서 입술도 무디어졌는지
어떤 여자를 만나도 무덤덤 아무 느낌 없네

요즘도 가끔 작은 입술 내민 꽃잎을 보면
나비처럼 부드럽게 벌처럼 날카롭게 키스하고 싶네

첫 키스의 아찔한 여운 느껴질 것 같은
잃어버린 나를 찾을 것 같은 꽃술에 입 맞추어도
첫 키스의 전율은 두 번 다시 찾아오지 않네

멀리 벨베데레 궁전까지 키스를 만나러 간 적 있네

한 번도 궁을 벗어난 적이 없다는 황금빛 키스

절벽 낭떠러지 끝에 아슬아슬 서 있는
속내 알 수 없는 여자의 입술
순간에서 영원으로 가는 출구 같네

빈에 가면 잃어버린 사랑 찾을 줄 알았는데
날카로운 첫 키스는 세상에 없는
영원한 신기루, 몽환 같은 것

갈수록 무디어지는 세월이여
무덤덤한 하루가 또 저물어가네

느릿느릿 오는 해는 소의 해이라
시간도 더디게 기어가네

돌 깨는 남자

나는 열린 책이다 열린 책 속으로 그가 걸어 들어온다 돌 깨는 기계처럼 격렬하게 지축을 울리고 자제력을 마비시키는 힘 맛보고 냄새 맡고 할퀴고 신음하면서 자작나무 그림자 길게 드리워진 달빛 아래서 노동하듯 사랑을 나눈다 여윈 몸을 열고 모든 것을 보여준다 엄마와의 갈등 열여섯 살의 유산(流産) 어둠에 대한 공포 불에 대한 애정

그런 것들은 잊혀진 상처다 지금 나의 생활은 완벽하다 완벽한 가슴 완벽한 치아 완벽한 피부를 가진 완벽한 사람은 감미롭고 황홀한 세계로 나를 인도한다 쏟아지는 홍수 걷잡을 수 없이 폭발하는 탄력 터질 듯 부풀어오른 힘 손안에 거머쥐고 마냥 부비고 어루만지며 보고 또 듣는다 화통에서 뿜어져 나오는 연기 지축을 울리는 기적소리 이명(耳鳴) 속을 헤매다가 가슴을 치고 목덜미에 한자락 여운을 남기고 가는 사랑

참으로 남녀의 관계는 불가사의하다 우연한 사고이고 마법이며 화학작용이다

제2부

시가 내게로 왔다*

태초에 그것은 은행잎이었을 것이다
나뭇가지에 매달려 있던 것이 내게로 왔다

어디로 향하는 노란 길일까
누가 시를 내 앞에 융단처럼 포근히 깔아놓은 걸까

태초에 나뭇잎은 숟가락이었는지도 모른다
수저를 들었다 놨다 하는 동안

연포탕 기막힌 국물 맛이 목구멍을 넘어가다
한 줄 시가 되어 밥상 위에 뒹구는 저녁이다

오래 기다린 시가 저절로 나를 찾아왔지만
어떻게 요리해 먹어야 할지 고민 중이다

* 파블로 네루다의 시 구절에서 인용

밥에 대한 경배

홍제천 따라 걷다가
허름한 천변 식당에 들었다

때로는 맛집보다 밥집이 더 그립다
아무리 유명 셰프가 만든 값비싼 음식도
엄마가 해주는 집밥보다 못하다

한국인의 밥상에 빠질 수 없는 음식
된장찌개 한상이 엄마의 밥상 같다

쌀뜨물에 촌된장 한 숟가락 풀고
멸치 다시 우린 진한 육수 붓고
겨울 무 얄팍하게 채 썰어 크게 한 줌 넣고

청양고추 대파는 어슷 썰고
송이버섯 애호박도 송송 썰어 넣고

여기 두부가 빠지면 안 되지

깍둑 썬 두부 반 모 동동 띄운
구수한 된장찌개
마른 젓꼭지 같은 조갯살 씹히는 맛은 덤이다

집밥 먹어 본 지 하 오래되어
허겁대며 된장찌개 한술 뜨다가
그만 입술을 깨물어버렸다

헌 데를 뜨신 숭늉으로 입가심하고
일어서는데 또 사고를 쳤네

추위 탓일까 손가락이 곱아 그런지
물잔을 들다가 놓쳐 물을 쏟아버렸다

눈이 오려나
먼 데 계신 엄마가 보고 싶은 날씨다

어머니 빗자루

학산 넘어 달서구청 맞은편
골목길 접어들면 낡은 집 한 채
대문 옆에 비스듬히 기대어
햇볕을 쬐고 있는 빗자루

바닥을 얼마나 쓸어댔는지
끝이 너덜너덜 닳았다

나는 빗자루에 인사한다
세상에서 가장 큰 빗자루, 우리 어머니

나 배앓이할 때
아픈 배 쓸어 낫게 하던 따신 손

고통 있는 것들 다 쓸어내고
절망을 씻어 말려주던
측량할 수 없는 크신 사랑
받아 누리며 살아온 나날들

>

이제는 서 있기조차 힘들어
땅 짚고 앙버티며
뭉툭한 손으로 저녁상 차리시는데
눈언저리에 수심 가득 주름졌다

이도 없이 잇몸으로 오물오물
고기 한점 씹어 삼키는 울 엄마

메마른 입술 부르튼 세월은
분홍지우개로 문지르면 없어질까?

담청색 물감 담뿍 흘려놓은 하늘에
별 하나둘 헤아려본다

우엉잎

우엉잎 쪄놓았다며
가져가 쌈 싸먹으라고
어머니 전화하셨다

오래전 아버지 떠나신 집에
혼자 사시는 어머니

어머니 집에 가려면 산 하나 넘어야 한다
비 오는 날 학산 넘어간다

받쳐 든 우산 속으로 스며드는 빗소리
양은솥에 우엉잎 찌는 소리 같다

갈 때마다 얼갈이배추며 절인 고추,
깻잎장아찌 따위 한 보퉁이 챙겨주시는
세상에서 손이 제일 큰 우리 엄마

손바닥 위에 가득 펼쳐놓고

자글자글 된장국 끓여 쌈 싸먹는 저녁

밥 한 숟갈 끌어안은 구수하고 쫄깃한 우엉잎
영락없는 울 어무이 젖 맛이다

가장 성스러운 아침

다시 산길을 갑니다
학산 넘으면 어머니 사는 곳

한동안 바쁘고 아프고 해서
자주 찾아뵙지 못했는데
그러는 동안 배가 다시 나오고
몸이 굼뜨고 자꾸 게을러집니다

다시 산을 넘어갑니다
새로 지은 성요셉성당 앞을 지나
팔 벌린 나무들이 가르치는 쪽으로
어느새 꽃 피고 풀들이 자란 산자락 따라

어머니 집에 이르는 길은
한 걸음 두 걸음 즐거운 산책 시간
산길 오르고 내리는 숨찬 시간이
가장 성스러운 아침입니다

내 어디 살고 있는지

내 어디 살고 있는지
나를 낳아 주고 길러 준 것이 무엇인지
도대체 누가 햇볕과 그늘을 만들었는지 모른다
양파는 왜 둥근지, 수천 겹 각질 둘러쓴 화두
누가 던져놓고 갔는지
평생 벗겨도 속을 알 수 없는
나날이 번민하며 밤잠 설치게 하는 둥글고 모난 것들
계절이 바뀌는 일, 꽃 피고 바람 불고 비 내리는 것,
바퀴도 없이 저절로 굴러가는 세월은
나와는 하등 상관없는 일이다
사는 일이 땅도 집도 없는 마룻바닥을 뒹구는 먼지
같다
몸은 둔중한 돌처럼 웅크려 있으나
내 어디 살고 있든
시안(詩眼)은 정오를 가리키는 분침보다 뾰쪽하고
굽은 등짝에 돋아나는 살, 정어리 등보다 더 푸르다

아버지 소나무

공장지대 한가운데
늘푸른소나무 한 그루 서 있다

백 살 넘은 나이에도 여직
시퍼렇게 살아 눈 뜨고 있는 나무
푸른 솔 잔가지마다 아버지 말투 묻어 있다

그리움의 색깔이 저런 걸까?
노을빛 고운 저물녘 산마루에 해 떨어지면
아버지보다 먼저 대문 열고 들어서던
민무늬 국방색 향기

저, 국방색 소나무에
아버지의 정령이 깃들었다
나는 소나무 둥치를 끌어안고 인사한다
아버지 아버지 비에 젖는 소리

잘못 감긴 실타래

엉켜버린 인생 빗소리에 풀어지며

아버지 나무 옷깃에 묻어나는 솔향기
달과 별을 이어놓는다

목요장터

구평동 부영아파트 302동 앞 목요장터가 섰다
싱싱한 생물과 때깔 좋은 과일들
잡것 다 솎아낸 참한 채소 묶음 싸게 파는 알뜰장이다

아래윗집 중형 승용차도
조팝나무 자잘한 흰 꽃들과 함께 다른 한편으로 밀려났다

족발 뜯으며 막걸릿잔 기울이는 떠들썩한 장터에
동네 사람 하나둘 모여 왁자한 먹자골목 줄을 잇고
떡볶이 꼬치 어묵튀김이랑 순대볶음이 순식간에 동났다

호박떡이 무럭무럭 쪄지는 동안
해그림자 속 몸 낮추는 으름덩굴 자줏빛 꽃술에
동네 꼬마 발길질에, 떼구루루 뒹구는 돌멩이에 말 걸며 기다리는 동안

밀원의 세월 다 보낸 할마시 팔다리 같은
생강나무 잔가지 한 묶음 흥정하려는데
생각에 잠겼다 깨어난 듯
배추흰나비가 생강나무 마른 꽃잎에 날아와 앉는다

동네방네 들쑤셔놓은 긴 하루의 소음이 자지러지는 담벼락 아래
모자리꽃이 질박한 삶의 부표가 되어 쪽머리 좌우로 흔들고 섰다

성밖숲*

성 밖에 깊이 뿌리내린 왕버들 숲이 있다
나무들이 어슬렁거리는 풍경은 산책 나온 노부부를 닮았다

때로 길가로 나온 왕버드나무 허리 굽히고 의자가 되어주기도 하지만
아무나 함부로 기대앉을 수 있는 자리는 아니다
공원 어디에나 있는 붙박이 나무의자와는 다른 자세다

푸른 잎사귀 폭포수 늘어뜨리고 서 있는 나무
멀찍이 바라보면
노거수(老巨樹)의 내력을 읽을 수 있다

지나가던 노부부가 왕버들 그늘에 들어 쉬고 있다
아무 말 하지 않아도 다 알겠다는 듯
한껏 고요히 서로 등 돌리고 앉았는데

바람이 숨죽이고 나뭇잎도 동작을 멈추는 그 순간

아무리 들여다봐도 속내 알 수 없던 노부부의 세월이
오래된 나무의 세석평전(細石坪田)이 먼 산 노을처럼
끓어오른다

해 넘어가는 시각, 성밖숲이 환하게 지고 있다

* 경상북도 성주군 경산리 성주읍성(星州邑成) 밖에 조성된 왕버들 숲

능청 떨고 싶다

둥글둥글 자갈 닮은 물새알
바닷가 자갈 틈새 들어앉은 것 본 적 있다

자갈밭에 알을 낳고 침입자 오면
저만치 절뚝거리며 걸어가
파득파득 다친 척 울부짖는 물떼새

알을 노리는 위험한 들짐승 관심 돌리려는
어미새 능청이 눈물겹다

어린 새끼들의 자립심 기르려고
위험한 일 있을 때조차
도움 주기는커녕 오히려 방치한다는데

현명하기도 하고 처절하기도 한 생태계 보면
생존경쟁으로 굴곡진 내 인생 아무것도 아니다

주변에 포식자 너무 많아 고되었던 삶이여

순간마다 물떼새처럼 뜨겁게 살았던가

땡볕에 달구어진 자갈이 자리 비운 어미새 대신하는
오묘한 자연의 섭리로 심란해지는 오뉴월

문밖에 멀찍이 서서 능청이라도 실컷 떨고 싶은 날
이다

새의 날개

새는 하나의 단어 하나의 음절로 이루어져 있다
하나의 단어는 다시 하나의 자음과 하나의 모음으로 구성된다

새의 날개는 아침에 우산처럼 펼쳤다가
저녁이 되면 집으로 돌아오는 노을처럼 곱게 접힌다
날개가 너무 커서 한 폭의 치마를 입은 것 같다

넓적한 물갈퀴로 뒤뚱거리며 걷는 걸음걸이가 바보 같다
거추장스러운 큰 몸통 때문에 놀림감이 되기도 하고
제아무리 날갯짓 버둥대봐도 제대로 날지도 못한다
사람들은 한 번도 새가 나는 것을 본 적 없다

그러나 폭풍이 불어올 때,
온 땅과 땅에 기는 모든 것들*과 서 있는 모든 나무와
엎드린 풀들조차 숨죽이고 몸을 숨길 때,
혼자 골고다 언덕으로 올라가 긴 치마를 활짝 펼치고

높은 곳에서 뛰어내려 폭풍 몰아치는 공중으로 몸을 던진다

그 순간, 두 날개로 바람을 힘껏 안고 날아오르는 새의 기적을 보게 된다
두 달 만에 지구를 한 바퀴 돌아오는
세상에서 가장 멀리, 가장 높이 나는 앨버트로스

사람들은 이제 그 새를
'하늘을 믿는 노인'이라고 부른다

그동안 나는 아등바등 살았다
하늘을 원망하고 바람을 외면하고
한 번도 날개를 펼친 적이 없다

이제는 조금 알 것 같다
나의 힘이 아닌 바람의 힘으로 날아야 한다는 것
신천옹(信天翁)이 되고 싶다

* 창세기 1장 26절에서 인용

헌 신발

무슨 말을 해야 할지 알 수 없네

살아온 날을 세어보니
기록할 만한 일도 없구나

청춘은 어디로 갔나
내가 세운 공장들은 어디에 있나

밤늦도록 눈 비비며 보던 책들
밑줄 그은 문장의 길 따라
지치도록 구름 위를 달려왔으나

끈이 너덜너덜해진 가방 속
세월을 낭비한 죄의 형량만 무겁네

직장생활 십팔 년 아무리 계산해 봐도
한 푼어치 남은 것 없는 밑지는 장사였네

내 집은 어디에 있나
문밖에서 여러 날 지내는 동안
돌아갈 집을 잊어버렸네

내 몸은 어디로 갔나
사람들이 자꾸 낯설어지네

불러낼 친구 하나 없는 저물녘에
발그레 술이 오른 노을과 마주 앉아

살아온 날의 뒤안길 돌아보니
뒤축이 닳은 헌 신발만 남았네

빗방울처럼

퇴근길 공단본부 정류장에서
아슬아슬 버스 잡아타고
자리에 앉는 순간, 후드득
빗방울이 차창 문을 두드린다

빗방울이 뭔가 간절하게 말하고 있는 것 같다
문 열어 달라고 애타게 창문 두드리며
눈물 방울 쪼르르 쏟고 있다

문 열어주고 싶은데
굳게 닫힌 창문이 열리지 않는다
아예 문고리가 없다

사는 일이 이렇게 늘 답답하다

빗
 방
  울
처 럼

>

나도 쏟아지고 싶을 때가 있다
폭우 쏟아지듯 들입다 퍼붓고 싶은데
받아줄 이 아무도 없는 세상
얼마나 답답하고 야속했던가

제3부

향기

찻숟가락 하나 가득
개미를 퍼담아 잔 바닥을 채우고
주전자 속 끓는 물을 붓는다

순식간에 녹아버린 개미를
맛있게 타먹는 저녁
주전자 속 개미가 끓는 소리를 듣는다

나는 예전에 개미 위에
뜨거운 물을 부어본 적이 있다
새콤달콤한 커피 향기
처음 맡아본 날이다

한 숟가락 설탕을 넣기 전에는
내 삶도 진한 향기를 지녔다는 사실
알게 된 날이다

사랑하지 마라

만약 당신이 상처받기를 원하지 않는다면
사랑은 버리고 추억만 가지고 가라

사랑의 달콤한 꿀물 맛보고 나서
견디기 힘든 슬픔의 골짜기에 빠지지 않으려면

곱게 물든 단풍잎 한장 책갈피에 끼워놓듯
사랑의 추억만 가슴에 간직하고 가라

사랑은 추억으로 남을 때
제 빛깔과 향기를 지닐 수 있는 것

마음의 빈 의자에 낙엽이 떨어져 쌓이고
겨울이 와서 눈 내리는 동안

기어이 사랑을 버릴 수 없다면
눈 덮인 산정으로 곧장 달려가라

폭설 휘몰아치는 숲속에서
작정하고 길을 잃어도 좋으리

만수계곡

백로 지난 속리산
가을 흔적 없다

가을 벌써 와 있는데
나무들 알지 못하나 보다
여태 여름인 줄 아나 보다

며칠 지나면, 비 한 번 더 내리고
산 가생이 헤집으며
한 번쯤 거센 바람 들이치고 나면

나무들이, 만수계곡 흐르는 물이
긴 잠 걷어붙이고 와글와글
소리칠 것이다

바위 틈새를 기어 나온 아침 안개가
나뭇잎 단풍 들이고 능선 따라
젖탱이 탱탱 붉어지는 때

웃녘의 봄

아랫녘에는 벌써 여름인데
웃녘은 아직도 봄이다
봄바람이 양파껍질 같다

하긴, 우리네 삶도 때로는
매운 눈물 들쓰고도
수선화처럼 우아해지고 싶은
한나절이 엄습할 때가 있는 것이다

지금은 겹겹이 푸르른 생계를 위해
멀찍이 물렸던 한파가 되오는 시간
난로 다시 피우고 장롱 깊이 쟁여둔
겨울 외투 다시 꺼내 입고

마스크 단디 챙겨 쓰고
일터로 출근하는 쌉싸래한 봄날이다

게으른 봄날

봄을 맞이하여 게으름이가 준비하는
박정남 선생님 시 낭송회가
수성못 근처 아르정탱에서 열리는 그날

쿵쿵목이는 민생고 땜에 못 갔다 하고
취생몽사는 다른 볼일 있어 못 갔다 한다

봄산에 핀 꽃은 그만 행사 날짜를 깜박 잊고
혼자 심심해 시내를 싸돌아다니니다

남부 정류장 앞 만촌역에서
박해수 선생님과 딱 맞닥뜨렸다는데
어디를 그리 급히 가는지 전혀 몰랐다고 한다

늘 견고한 고뇌만 수집하는 마부는
그림의 떡이라는 댓글을 꽃 대문 아래 붙여놓았다

그나마 멀리 평택 사는 새벽강이

행사 잘 여미라는 마음을 동봉해 왔을 뿐

봄빛 속으로 세상의 온갖 이쁜 꽃말들
마구 터뜨리는 박 선생님의 화려한 수사학을
아무도 듣지도 보지도 못하고

그날 수성못에는 양파껍질 같은 봄바람이
여러 겹으로 흔들렸다고 한다

나무 십자가

평생 나무 한 그루 심지 못했네

나무 그늘에 일상의 무거운 짐 내려놓고
나무로 지은 집에 거드름 피우고 살면서
나무 한 그루 정작 심지 못했네

작은 교회당 첨탑 위에 솟은 나무 십자가처럼
당당하게 우뚝 서서 살지 못했네

봄이 되면 마음이 파래지는 이유를 궁금해하지 않았네

알 수 없는 깊이의 뿌리로부터 눈엽(嫩葉) 돋고
온갖 꽃들이 피고 열매 맺고
가을 낙엽은 속삭이며 떨어져 쌓이지만
십자가의 말에 귀 기울이지 않았네

시끄럽게 덜컹대며 빠르게 달려가는 세월 따라잡으려
비루먹은 나귀처럼 허둥대며 살았을 뿐

나뭇가지에 앉은 새가 우는 사연 묻지 않았네

세상으로 난 숱한 갈래 길 헤매고 다니다가
허방 짚고 돌아와 보면 언제나 제자리
내가 찾던 것은 원래 그 자리

에둘러 오는 동안 넘어온 험한 산과
건너온 물의 깊이 말하여 무엇하리

더러는 하얗게 밤을 새우기도 하고
때로 발가락 부르트도록 뛰어 달렸는데

나는 세상에서 무엇이었을까
구름이었을까 햇빛이었을까

손안에 쥐어져 파랗게 떨고 있던 것들
손바닥 펴보면 흔적 없고, 남은 것 하나 없는
쉰 넘긴 인생이 나무 한 그루만 못하구나

>

인생은 나무를 키우면서 사는 일,

는개 흩뿌리는 벌판에 선 나무 십자가 되라 하네

눈사람 이야기

경제란 놈은 굴릴수록 점점 커진다 눈사람 같다
생활은 편리해지는데 살림살이 나아진 것 없다
도무지 알 수 없는 한 가지, 경제의 옆모습 보면
자꾸 곁이 허전하고 속이 공허해지는 까닭이다
마음 열어 보일 사람 드문 세상이다
시간의 잔은 넘치는데 여유가 없다
더 분주해지고 소통 안 되고
뿌리 없이 둥둥 떠다니는 인생, 섬 같다
사람들 전염병처럼 차례로 눈멀어가고
도시 전체가 눈먼 자들로 넘쳐난다
시대가 떠안고 몸살 앓아온 숙제
경제는 많은 것을 주었으나 삶은 더없이 풍요로워졌으나
너도나도 눈먼 사람, 눈사람 이야기다

푸른 초장의 기억

미운 일곱 살 물에 빠졌다
어느 여름날 더위 씻으러 물가 갔다가
헤엄도 못 치는 기 멱 감으러 물 안 들어갔다가
바닥 모를 깊은 곳으로 까마득하게 발을 내려놓았다

멀리서 형아의 울부짖는 몸짓 눈앞에서 금방 지워지고
발이 닿지 않는 물의 바닥 세상이 물 밖으로 점점 멀어져 갔다

온갖 슬픔과 기쁨의 일, 물거품 일어났다 사라지고
물속은 푸른빛 하나 없이 검으나 희었다

아무리 발버둥이쳐도 벗어날 수 없는 절벽
질긴 밧줄에 꽁꽁꽁 묶여 옴짝달싹할 수 없었다

그렇게 벌써 오래전에 나는 죽었는데
죽은 몸으로 반세기를 더 살고 있다
지금 사는 세상이 물속인지 물 바깥인지 잘 모르겠다

>

일곱 살에 지치고 뛰어놀던 푸르른 초장은 지금 어디 있나

처음 것들은 다 지나갔다 물 위에 남은 것은 자색 옷을 입었다

언제나 하늘은, 높이 떠받들려진 하늘은 백옥 같은 말씀이다

직지사

눈 오는 날 직지사 갔다

눈발 흩뿌리는 쪽으로 곧장 달려갔는데
산중 찻집이 산 아래 내려와 기다리고 있다

직지사 누문 옆 다솔 찻집 미닫이문
옷자락 여미듯 곱게 밀치고 들어서니
더운 차 한잔 마음 다스려주는 자비 도량이다

장작불 지펴지고 있는 난로 곁에 다가앉아
찻종에 고인 맑은 물로 생소한 입술 씻어내고

산 아래서 지은 죄 불길 속에 던지고 나니
눈밭에 새순 돋아나는 소리 들린다

잘못 접어든 길에 화들짝 놀라
무거운 봇짐 그만 내려놓고 싶었던 것은

직지사 옛길에 눈이불 뒤집어쓰고 웃는 장승배기
사랑의 몸짓 헤아리지 못한 탓이다

금오산

금오산 정상에 올라본 사람은 안다

큰바위얼굴 왼쪽 뺨 비스듬히 더듬다가
미간에 등 기대고 몸 눕힐 때
들끓는 산의 비명 들을 수 있다

명금폭포가 짚동 같은 눈물 쏟으며 내지르는 소리
눈 맑고 귀 밝은 사람은 다 들을 수 있다

암벽 모서리 옷깃 여미고 섰는 여인의 손길 잡아보면
돌에 새겨진 몸 비록 차갑고 굳었지만
작은 입술이 전하는 따스한 숨결 느낄 수 있다

종일 숨죽이고 누운 금오산 큰바위가
밤이 되면 왜 어깨 들썩이며
중천에 떠오른 달을 응시하는지

돌이 달을 낳은 사연

금빛 까마귀 쉬어 가던
동굴의 풍수 읽을 수 있다

감은사

우물마루 모양 벽을 세우고
금당의 기단 아래 구멍을 뚫고
구름의 서탑으로 밑을 눌러
용을 감금하였다는
경주 양북면 봉길리 감은사

다시 찾아보니 절은 간 곳 없고
빈터에 쌍탑만 우두커니 서 있다

가늘게 몸을 떨고 섰는 우슬초 사이
바람이 전하는 말 가만 들어보니
해는 벌써 사지(寺址)를 빠져나와
울음 우는 긴 강 건너
바람이 지시한 처소로 떠났다 하네

들을 수도 볼 수도 없지만
복사꽃 흐드러지게 피는 봄날
세월의 문밖을 서성이고 있다 하네

희비자골

희비자골에 함박꽃처럼 생긴 참한 소(沼) 있다

산을 뛰어내려온 물이 정자나무 밑으로 급히 휘돌다가
만들어진 웅덩이, 함박수라 부른다

명주실 한꾸러미 다 풀려 들어가는 깊은 소
수구렁 너머 재골 박 씨가 절집에 들일 기와 굽다가
흘린 땀 한 줌 식히려고 일감 놓고 멱 감으러 와서
장가도 들기 전 숨부터 들여놓고 말았다는 곳

총각만 여럿 잡아먹은 소의 수심 깊은 사연이
오뉴월 기나긴 여름, 방아다리 붙들고 앉아
밤물 함지박만 하게 쏟아놓는 동네 처자들 탓이라는데

신기하기도 하지, 희비자골에는 아무리 가물어도
물 마르는 일 없다 하니

물길 따라 희비가 엇갈리는 속리(俗離) 안자락
외따로 떨어져 있는 후미진 곳에 희비자골

뒤뜰에 오동나무 한그루

사람은 누구나 자라면서 노래를 배운다지요
누군가 부른 노래는 빈 들녘에 나아가
꽃이 되어 피었다 진다지요

아주 어릴 적에 나
누가 책상에 가져다 놓은 것인지 알 수 없는
패랭이 꽃묶음 만지작거리다가
심한 감기에 걸리고 말았지요

사흘 밤낮 앓다가 깨어났더니 패랭이꽃은 시들고
마른 꽃잎 몇 장 내가 읽던 책 속으로 들어가
종횡으로 눕는 것을 보았습니다

뒤뜰에 나아가 홀로 서성이다가
방문 열고 무슨 말인가 외친 것도 같은데
오동나무 잎사귀만 밤새 펄럭였습니다

오동나무 잎사귀가 바람을 데리고 와서

무릎 반쪽을 지우고
그렇게 일부분씩 나의 전부가 지워질 때까지
밤하늘 별처럼 반짝이는 노래를 불러주었습니다

엇박자로 바람을 흔들어대던 뒤뜰에 오동나무 한
그루

제4부

소설

첫얼음 얼고 첫눈 내리기 시작하는 때
쌀독에 밑바닥이 훤히 들여다보이는 때
독을 채우고 있던 쌀이 다 비어지는 때
고쟁이 확 까뒤집어 보듯 볼 장 다 본 쌀독 속
궁핍이 날카로운 이빨 드러낼 때
목구멍을 간질이던 밥알이 치욕이라는 것,
새삼스레 깨닫게 되는 그런 날
가슴에서 설설 밥이 끓기 시작한다
소설이라는 설익은 밥이 설설 끓는다
옛날 옛적 연(堧) 자 함자 가진 집안 어른이
명절날 앞 떡 빚을 쌀이 없어
가야금으로 떡을 쳤다는 고사처럼
소설이라는 악기가 살얼음 깨는 소리
쟁그랑쟁그랑 밥상 차리는 소리

비파나무악기

비파나무 열매 단단한 껍질 속
술대* 튕겨 내는 소리 듣고 나서, 비로소
달콤하고 시린 인생의 참맛 알게 되었네

초승달이 만드는,
귓전에 윙윙 울리는 소리

부드럽고 결 곧은 늘푸른큰키나무 소리 듣기 전에는
손톱이 소리가 되고 나무가 음악이라는 것
나무와 잎사귀의 문맥이 흙으로 빚은 소리인 것을
알지 못하였네

계곡에 흐르는 물소리, 서늘한 바람 소리가
모두 게송인 것을

마음 머무는 곳이
음악인 것을 알지 못하고
악기만 찾아 헤매고 다녔던 것이네

* 술대(匙) : 거문고와 향비파를 연주할 때 사용하는 막대기

서쪽에서 부는 바람

때로는 서쪽에서 바람이 불기도 한다

바람이 하는 일은 나무의 잔가지를 흔드는 것이지만
한뭉치 댓바람이 불어와 나무둥치를 흔들거나
뿌리째 뽑아놓고 가기도 한다

더러는 바람에 가슴이 베일 때가 있다
깊이 파인 상처와 그만큼의 흉터를 남기고 가기도
하는 것이다

우기가 다가오는 기미를 먼저 알리는 것도
바람의 일이다
바람이 한바탕 구름을 몰고 올 때가 있는 것이다

억수같이 퍼붓는 비를 나는 좋아한다
나 대신 울어주는 비바람이 고맙기 때문이다

거룩한 우연

더는 아무것도 기다리지 않으리
굽이치는 강물에 배 띄우지 않으리
비탈에 돌 굴리지 않으리
나무를 세우지 않으리

구르던 돌이 멈추는 반란
직립한 나무가 휘어지는 반란
배를 뒤집는 강물의 반란
상처만 돌려주는 약속의 반란
우연이라고 말할 수 있는 자 누구인가?

항상 그래왔던 일처럼 침묵하며
오래 먼 곳의 불빛을 바라보는 동안
넓어져 가던 한낮의 소요가 멎고
마을의 집들이 잠들 때
홀로 고독해진 혁명이 말해주리라

달과 등뼈 사이 시간의 생태

말의 오용과 참을 수 없는 치통에 대한
거룩한 우연의 법문을 듣게 되리라

우쭐한 시

눈 덮인 천왕봉 젖 냄새 난다 세상의 다른 길 뒤지며 살다 지쳐 발걸음 무거울 때 찾아가는 고향 울퉁불퉁 인생길 에둘러 얼마나 멀리 뜀박질해 왔는가 지친 몸 내려놓고 목축이고 싶은 피앗재, 구릉 너머 갈라진 계곡에 신비한 샘물 솟아오른다 눈 내리는 겨울 산, 여린 여자의 젖가슴 같다 거친 흰 눈발 속, 입술 묻고 천천히, 핥고, 빨고, 삼키고, 깊숙이 들이대는 오로라, 우주를 품고 있는 고요, 눈 덮인 산정에 이르니, 여기가 바로 사랑의 진원지 반짝, 빛나는, 신비한 바달체프스카 소녀의 기도, 우쭐한 시 같다.

이 땅에 쓰인 말들

종일 문밖에 서성거리는 소리
세상의 온갖 구멍들이 떠들어대는 소리
큰 나무 구멍은 코 같고 입 같고 귀 같고
기둥머리 같기도 하고 깊은 웅덩이 같거나
얕은 웅덩이 같은, 크고 작은 잎사귀
요란하게 흔드는 소리
크게 흔들기도 하고 가볍게 흔들기도 하는
귓전에서 웅성거리는 윙윙 울리는 저, 소리
세상의 온갖 구멍들이 떠들어대는 소리
솥귀 세우고 듣는 가을 뻐꾸기 소리
파장을 읽을 수 없는, 이땅에 쓰인 말들

귀를 빼 서랍에 넣어두었다

갈수록 이명이 들린다
미처 알아듣지 못한 말 남겨둬야겠기에
귀를 빼 서랍에 넣어두었다

나무에 박인 옹이 같은 것들
차마 버리지 못하고
나중에 꺼내 볼 요량으로 넣어둔 것들
그러나 정작 서랍을 열어 보는 경우는 드물다

언젠가 우연히 서랍을 열었을 때
잃어버린 귀를 찾은 반가움이란
집 나간 아이를 만난 것만큼 살가운 일이다

귀를 꽂고 나니 바다가 보인다
언젠가 무작정 기차를 타고 가서 만난
한때 연인이었던 바다
언제 나를 따라와 얼마나 오래
서랍 속에 머물렀던 걸까?

>

서랍에 넣어둔 구름을 꺼내어 본다
청춘을 기록한 구름의 목록은
공증이 필요 없는 신원보증서

삶의 칸칸마다 미주알고주알 채우고 살아온
일기장은 먼지가 되어 날아가 버렸다

오늘은 지구의 모퉁이로 우두커니 밀려난
낡은 서랍장에 모자를 벗고 머리를 집어넣는다

파도 여닫는 소리가 들린다
삐걱거리며 살아온 세월이 어쩌면
바다였는지도 모른다

바퀴벌레의 무게

좁은 방안이 바퀴벌레 쫓느라 한바탕 전쟁터다

허락 없이 남의 방에 들어와 실 모양 가늘고 긴 촉수 세우고
납작 엎드려 버티는 뻔뻔한 저놈을 어떻게 때려잡나 궁리하다가

며칠 벼르고 읽어도 속을 다 파내지 못한 난해한 시집 한 권이
쓰임새 있겠다 싶어 냅다 집어들고 방바닥을 후려쳐 보는데

순식간에 어디로 몸을 숨겼는지 흔적 없다
바퀴벌레 민첩성이 군대만큼 빠르다

약국 가서 사 온 살충제로 장롱과 침대 밑 틈새마다 뿌리고 붙여놓고
하룻밤 방을 수복한 들뜬 기분으로 잠을 청하지만

>

난형의 반짝거리는 흑색 가죽질 외피를 두른 저놈의 당당한 등짝이
눈앞에 어른거려 쉽게 잠들 수가 없다

놈들은 습하고 어두운 곳에 약충을 품고 잠잠 숨었다가
콘크리트 벽 속 갈라진 틈새나 송수관을 타고 또 쳐들어올 것이다

억누르고 죽이려 할수록 생생하게 살아나는 무서운 번식력
수억 만 년 살아남은 화석 곤충을 박멸할 방도는 없을까?

잠은 오지 않고 길고 지루한 바퀴벌레 전쟁도 끝날 것 같지 않아
함부로 던져놓은 책을 다시 펼쳐든다

책 속에 바퀴벌레를 저울에 달아본 스님이 가부좌 틀고 앉아 있다

바퀴벌레와 부처의 무게가 같고 한 송이 맨드라미와 태양의 무게가 같다는
덕산스님이 말, 홀로 독방에 갇혀 곰곰 생각해 본다

살아갈수록 단순해지는 내 인생의 무게는 얼마나 될까?
바늘도 없고 숫자도 눈금도 없는 저울에 달아보니
멈출 줄 모르는 잔기침이 삼(麻) 서근이다

엉덩이를 씻다

이른 아침에 일어나 엉덩이를 씻는다
대장내시경 받으러 가는 날이다

대통령이 국민 앞에서
모든 것을 내려놓겠다고 선언했다

정말, 이게 나라냐
억장이 무너져 내리는 와중에도
신문사 칼럼 원고 써 보내고
미친한 업무 정리하느라 종일 바빴다

엊저녁에는 속내 비우는 일로
한바탕 전쟁을 치렀다

엉덩이 까고 앉아 물똥을 싸대며
아직도 비우지 못한 것이 남았는지
곰곰 생각하는 아침이다

말입술꽃

탁록벌판에 상상의 아름다움이 존재하지 않는다
사람들은 방 안에서 깨어나 눈을 뜨고
어제처럼 전개되는 오늘을 본다

아무도 황금의 혀로 말하지 않는다
언변을 늘어놓던 혀도 밤이 되면 설육이 된다

세상에 완벽함이란 없다
즐겁고 찬란해 보이는 동전 때문에 실수를 저지르고
항상 시간은 낯선 거리를 달리는 햇살
시곗바늘이 걸음을 멈추어도 시간은 멈추지 않는다

쉼 없이 덜커덩거리는 소음, 광장으로 왈카닥 쏟아지고
우당탕 뛰쳐나오는 험한 세월 굽이치는 물결에
밀리고 씻기고 자지러지다가
공기보다 가볍게 흩어질 뿐이다

너른 평원 풀들이 돋아난 자리마다
다채로운 꽃들이 일가를 이루고
수천의 양 수만의 소를 키우려 했던 꿈은
지금 탁록벌판에 존재하지 않는다

희망은 영원히 부재중이거나
아직도 절망 속을 허우적거리고 있거나
어떤 난관에 부딪혀 있기에 십상이다

지천으로 피었다 어느 순간 후루룩 날아올라
다시는 돌아오지 못하는 엇갈린 길로 사라지는 말입
술꽃이다

동기감응하다
- 몽돌을 추모함

늦은 밤 혼자서 말의 감옥에 갇혀 시의 속살 더듬다가
몽돌과 동기감응(同氣感應)하는 날이 있다
세상의 짐 내려놓고 영천시 임고면 고향 땅으로 돌아가
야트막한 산비탈 풀숲에 몸 눕히고 쉬는 눈 밝고 입바른 사람
투명한 낯빛과 후박한 턱수염 눈에 선하다
인간이 더럽힌 말의 얼굴 닦아주고 멍든 말의 가슴 어루만지던
부드러우나 엄한 손가락으로 가리켜 세운 말법이
꿈틀꿈틀 나뭇잎 되살아나듯 온몸 뒤틀어 흔드는 밤에
말의 자궁 들쑤시고, 말의 속살 발라내고, 말의 감옥 물어뜯고,
말의 내장 헤집던 숨결, 맑은 물소리처럼 가깝게 들린다
금오산 중천에 둥글게 떠오른 달이,
강변로 수양벚나무 활짝 핀 꽃길이, 직지사 뒷길 청노루귀 꽃밭이

맷돌로 팍팍 갈아낸 결 고운 문장으로 환하다

붓으로 찍어놓은 지칭개 꽃빛 바람따라 흔들리는 것 듣고 있으면

흙으로 돌아간 살이 동기감응하는 형식임을 알겠다

성밖숲에 시를 쓰다

쓰던 시를 잃어버렸다
열두어 줄 정도는 더 나갔던 것 같은데
내가 쓰던 문장은 다 어디로 갔나

매사가 이런 식이다
시를 잃고 방안에 틀어박혀 배앓이하는 동안
성밖숲이 크게 흔들렸다고 한다
나는 방안에서 뛰쳐나와 숲으로 달려갔다

그 숲에 가니 노랫소리 우렁차다
사드 가고 평화 오라는 외침
어둠을 지키는 촛불 찬란하다

나도 그 숲에 노래를 남기고 왔다
나의 시는 단추를 잘못 채운 사드보다
더 어긋나 있었던 거다

떨어지는 나뭇잎이 바람을 탓하는 것 같은 독백은

더 이상 쓰지 않겠다
희미한 옛사랑에 대한 진한 그리움도
그 숲에 버리고 왔다

나이 든 여자가 주름진 얼굴에 분 바르고
예쁘지 않은 입술에 립스틱 칠하는 것처럼
더는 시에 덧칠하지 않겠다

성밖숲이 나의 가슴이고
나무들이 나의 팔다리임을 알았으므로
이제 녹슨 펜을 버리고
숲속에 나무들과 함께 서 있으려고 한다

이것이 바로 진정한 시고 역사다
내가 배앓이할 때 아픔을 함께 나누었던 숲
나무의 억센 흔들림을 나의 자산으로 삼겠다

나는 시를 쓰는 대신 성밖숲에 가서

해를 만나고 왔다 가슴에 푸른 장미꽃 피어나는 새해다

노공이산*

그 여름 속리산 자락에서 시회를 가졌다
천왕봉 바라보이는 피앗재 산장에
아홉 시인이 모여 난상토론을 벌였다

장엄송은 바빠 못 오고
보은 사는 송시인이 참석했다

주제는 찔레꽃이다
찔레꽃, 밤늦도록 꽃 한 송이 피우지 못하고
말 잎사귀만 서걱댔다

사는 일이 그저 야단법석이다
토론은 접어두고 이부자리 깔고 누웠는데
지붕 두들기는 빗소리 크게 들린다

잠 못 이루고 뒤척이며
빗소리에 울퉁불퉁 마음만 구겨지는 한밤중
만수리 산마을 물안개 자욱하다

>

멀리 보이는 불빛 한점 자꾸 멀어져간다
내가 걸어온 산길이 환한 봄날인 줄 알았는데
화나는 봄날이다

찔레꽃 피고 지고 난 뒷자리 돌아보니
인생 성적표가 너무 부끄럽다

방향도 없이 달려온 십대와 이십대는 영락없는 F학점
물에 빠진 놈처럼 허우적대며 방황한 삼십대는 D학점
사십대 고갯마루는 견디기 힘든 치통 같다

인생은 재수강도 안 되는 과목이라
별반 나아질 것도 없는 나이지만 쉰 넘어
노공이산을 생각한다

요즘 나의 치열한 화두가 그렇다
작은 산 하나 옮겨보려는 것인데

흙 한 삽, 돌멩이 한 개,
미련도 부지런 떨다 보면
산이 평지가 되고 길이 되고 구름도 될 수 있음이라

환난의 무더위를 보낸 여름은
쉰 넘긴 남자의 바람기 같다
징글징글 뜨겁던 땡볕도 금세 시들어버리고

작은 희망의 날개조차 가시에 찔려 떨어지고
속수무책 점령당한 불화의 시대,
목덜미 서늘해지는 바람, 가을 벌써 문밖에 와 있다

* 어리석은 노인의 우직함이 산을 옮긴다는 '우공이산(愚公移山)'을 바꾸어 노무현 대통령이 퇴임 후 사용한 필명

해설

몸살 앓는 꽃자리에서 둥글어지고 무르익기까지

- 박상봉 시집 『불탄 나무의 속삭임』에 부쳐

박덕규
(시인, 문학평론가)

1. 시와 삶과 사랑에 대해

박상봉의 시를 읽으면 시, 삶, 사랑이라는 말들이 연이어 떠올려진다. 시와 삶과 사랑……. 이 셋은 어찌 보면 모두 새삼스러울 것도 없는 평범한 낱말이다. 사랑을 꿈꾸지 않는 시인이 어디 있으며, 삶의 무게에 시달린 일상을 돌아보는 시가 또한 한둘이겠으며, 이상과 현실 사이의 괴리를 메울 실마리를 찾지 못하고 방황하는 시인 또한 우리는 익히 잘 알고 있으니. 그래도 어쩔 수 없다. 박상봉의 시는, 시를 의식하는 자아가 표 나게 어른거리고 있고, 삶을 드러내는 자신을 의식하는 태도가 완연하며, 그리고 그 시와 삶의 이미지화 과정에서 에로스적 감성이 뚜렷이 채색돼 있다.

박상봉은 1981년부터 시를 발표하기 시작해 오늘까지 40년에 이르는 시적 궤적을 그려왔다. 시집은 이번까지 두 권. 첫 시집 『카페 물땡땡』(만인사, 2007)부터 아예 한참 더딘 것인데, 그러고 또 세월이 이만큼 흘러버렸다. 격동의 1980년대를 겪고 불안과 기대 속에 맞은 21세기로 어느덧 발을 한참 들인 이 시기까지 한국 시단이 펼친 수다스런 행보에 비하면 박상봉의 시 이력은 뭐랄까, '과작'이라고 하면 속사정을 무시한 치부인 듯싶고, 요즘 잘 쓰는 말을 빗대 '간헐적 금작' 정도면 적당한 진단이 되지 않을까 한다. 이를테면 박상봉의 시는, 때로 실제 삶에서 시를 미뤄두고 '시 없는 삶'을 살다가 그런 삶을 성찰하는 자아가 자라나 '내 삶에서 시란 무엇인가'라는 시인으로서의 자의식에 시달리게 되고, 그 시달림을 시로 드러내는 '간헐적이며 지속적인 과정'에서 자주 '에로스적 상상'과 어우러지면서 자기 세계를 열어온 것!이라고 일단 정리해 본다.

이리 불붙어도 되는 걸까

한 나무가 다른 나무 향하는 마음 깊어지면
왕릉 앞인들 상피붙겠다

내 몸에 나뭇잎 다 떨구고 난 뒤에도
불타오를 수 있다는 그것

>
물푸레나무 바라보는 하늘이 눈부시기 때문인데

달빛보다 환하게 몸살 앓는 꽃자리
당신과 나는 활자와 활자 사이, 지워지고 지워지는 사이
불탄 나무의 속삭임 몸 시리다

이게 제대로 사는 걸까 제대로 죽는 걸까
물푸레 여린 나뭇가지 어깨 살짝 깨물어 보니
아. 흐. 낮은 콧소리

발밑에 검붉은 세월 묻어두고
강물 넘치도록 아우성치며 불타오르는 나무

참 깊은 종소리다

—「불탄 나무의 속삭임」 전문

삶이란 것이, 이래저래 먹고사는 일에 치이다 보면 그 의미를 따질 겨를조차 없기 마련이다. 그 삶은 그저 '활자와 활자 사이', 즉 생업에 시달리며 "지워지고 지워지는 사이" 끝내는 "발밑에 검붉은 세월"로 묻혀 가는 수순을 밟는다. 그런데 그런 줄로만 알아온 그 삶이 살다 보면, 자신도 모르게 "한 나무가 다른 나무 향하는 마음"으로 깊어져 온 것이라 느껴지기도 한다. 거칠게 산 인생에도 되새김질할 만한 어떤 모럴이 내재되는 법이다. 삶은

제 의미를 물을 것도 없이 살아가는 것 자체에 불과한 것인데, 그것에 대해 특별히 의식할수록 삶이 그 정도에 그치지 않는다는 것으로 이해되는 때도 온다. 바로 박상봉이 그렇게 된 것이다. 언제부턴가 그는 자신의 삶이 "내 몸에 나뭇잎 다 떨구고 난 뒤에도/ 불타오를 수 있다는 그것"이라는 자긍으로 깊어지고 있다.

여기서 중요한 것은 삶에 대한 이 같은 자기 긍정이 가능하자면 반드시 자신의 삶을 재인식하는 특별한 과정이 있어야 한다는 사실이다. 인간이란 사실 아무리 마구 사는 사람도 '나는 왜 사는가', '잘 살고 있는 것이 맞나' 따위의 물음에 직면할 수밖에 없다. 인간 중에서도 시인이 바로 그런 질의응답에 익숙한 존재인데 그 점에서라면 박상봉은 거의 맨 앞자리에 놓일 만하다. 그는 오래도록 "이게 제대로 사는 걸까 제대로 죽는 걸까" 하고 물어 왔고 지금도 시시때때 묻고 있으니까. 위 시는 '거룩한 왕릉 앞 상피붙어 불탄 나무'를 매개로 그런 물음에 대한 답을 찾아가는 과정을 담았다. 한쪽으로 치우쳐 살아온 자기 삶은 그저 "나뭇잎 다 떨구고 난" 보잘 것 없는 것이 아니었다. 그것은 "한 나무가 다른 나무로 향하는" 에로스적 상상력에 힘입어 "강물 넘치도록 아우성치며 불타"올라 그 "불탄 나무의 속삭임"으로 마침내 "깊은 종소리"에 이르기까지 했다. 이 시는 이처럼 시와 삶에 대한 자의식이 에로스적 지향으로 나아가면서 확인하는 숨 가쁜 긍정의 세계를 그려낸 좋은 예다. 박상봉의 이번 시집은 그 긍정의 세계로 나아가는, '검붉은 세월'을 지나는 "몸살 앓는 꽃자리"들을 펼쳐 보인다.

2. 두고 온 집, 떠나간 것으로부터

박상봉 시의 삶에 대한 자의식은 상당 부분 지나온 것, 사라진 것에 뿌리를 두고 있다. 이는 물론 "내 나이 어느덧 해가 지듯 저물어간다"(「늦가을 단풍」), "평생 나무 한 그루 심지 못했네"(「나무 십자가」), "살아온 날을 세어보니/ 기록할 일도 없구나"(「헌 신발」) 등에서 확인되는 나이듦의 정조와 깊은 관련을 맺는다. 그 정조는 주로 지난 일에 대한 그리움, 아쉬움, 뉘우침 등의 감정을 불러오기 마련이다. 이번 시집에서 육친을 추억하는 「어머니 빗자루」, 「우엉잎」, 「가장 성스러운 곳」, 「아버지 소나무」 등 여러 시편들 또한 이 범주에 든다. 누구에게나 그렇듯이 지난일은 그립고 아쉽고 후회스럽다. 나를 떠난 것은 아름답고 그것을 붙잡지 못한 나는 한탄스럽다. 지난일은 추억 속에 영원하고 그 사이 변해버린 자신은 속되고 저급한 데다, 옛것을 버리고 새것을 취했음에도 세속적으로 아무것도 이루지 못했다. 박상봉 시가 지난날을 바라보는 시선이 대체로 그러했다.

나는 두고 온 집을 생각한다. 오랫동안 그 집을 생각해 왔다. 지금 그 집은 너무 먼 곳에 있다. 그 원래의 모습을 상상하기조차 힘들 정도로 까마득해졌다. 그러나, 나는 애쓴다.

칫솔과 금연담배, 파스 하이드라지드병, 궁둥이에 종일 붙어앉은 의자와 단 하루도 건너 뛸 수 없었던 긴 고통, 짧은 세월…애

쓴다…잊지 않으려고 애쓴다. 그러나 지금 그 집은 너무 먼 곳에 있다. 밤낮으로 필요불가결하게 사용되어왔던 모든 것이 부재하고 그 집과 나는 더는 아무 상관이 없다는 듯 또한 鈍重한 것이 되어 존재한다.

— 「두고 온 집」* 전문

누구에게나 '두고 온 집'이 있다. 그리고 그런 집은 추억에 오래 남을지는 모르지만 대개 기억 속에서 "원래의 모습을 상상하기조차 힘들 정도로 까마득해"진다. 위 시는 그 '두고 온 집'을 잊지 않으려는 자의식을 강하게 드러낸다. 칫솔, 금연담배, 파스 하이드라지드병 같은 물건들로 보면 그 집은, 궁핍하고도 군색하기 그지없는 한시절의 주거공간이었을 것으로 짐작된다. 가난이 뒤따랐을 것이고 한없이 고독하기도 했을 것이다. 그 집에서 멀리 떨어져 나온 지금에 와서 그걸 잊지 않으려 애쓰는 이유는 명백하지 않다. '초심을 잃지 말자'는 뜻에서일 수도

있다. 그러나 세월과 기억에는 어쩔 수 없다. 그 집은 너무 멀어 이제 "더는 아무 상관이 없다는 듯 또한 鈍重한 것이 되어 존재한다." 이 서술은, 지나간 것의 가치는 '잊지 않거나 잊혀지고'에 있지 않고, '그 상태로 기억 안에 있다'는 사실에 있다는 것을 밝혀준다. 이제는 멀리 떨어져 나와 잊혀지고 있지만, 그것이 기억 속에 있다는 그 자체로의 의미가 중요하다는 것이다. 그러니까 그것은 그것을 인식하는 자체로 가치가 있다는 것. 지난날에 대한 추억과 회한을 안은 박상봉의 시에서 중요한 것은 지난날 자체가 아니라 그것에 대해 기억하고 의식한다는 데 있다. 박상봉의 시는 지난날에 대한 자의식적 성찰을 통해 현재와 미래를 위한 자긍의 세계를 구축함으로써 보다 '둔중'한 단계로 나아간다.

간이역에 나를 내려주고
서둘러 제 갈 길 가는 기차

꽁무니가 보이지 않을 때까지
오래 바라보았네

언제 올는지 모르는 기차를 기다리며
청마루에 걸터앉아

하염없이 먼 데를 바라보던

기찻길 옆 오두막집 어린 소년은

기차가 떠나고 없는 텅 빈 역사 앞에
오늘도 먼나무처럼 홀로 서 있네

기다려도 오지 않는
그대는 나의 먼 나무입니다

—「먼나무」 전문

이번 시집의 맨 앞자리에 놓인 이 시도 지난날 떠난 것을 기다리는 정황이 그려진다. 그 전경(前景)에는 어린 소년이 기다림의 주체로, 떠난 기차가 기다리는 대상으로 내세워져 있다. 소년이 떠난 기차를 기다리고 있는 곳은 소년이 나고 자란 고향의 역이 아니라, 기차가 그 역으로부터 소년을 태우고 가다 내려준 어느 간이역이다. 그곳에서 소년이 기차를 기다리고 있는 정황에는 당연히 소년이 고향집에서부터 그 기차를 타고 가다가 뜻하지 않게 하차한 일이 전제돼 있다. 집을 떠나왔는데 목표한 곳이 아닌 도중에 멈춰버려, 돌아갈 길 갈 길 모두 잃은 아이의 상황, 이는 일찍이 "오랜 세월 나는 무엇을 그토록 기다려온 것인지 도대체 알 수가 없었습니다"(「미친 사랑의 노래」*)의 고백에 맞닿아 있다. 그러나 박상봉의 시적 자의식은 다시 자신을 데려갈 대상을 기다리는데 그것이 오지 않는 내면 상황으로 환원된다.

많은 서정시는 지향하는 세계와 그것에 이르지 못하는 현실 사이의 괴리로 정황을 이룬다. 그 정황의 형상화 과정에서 특징적인 물상으로써 하나의 상징이 창출된바, 이를테면 소월의 진달래꽃이며 영랑의 모란이며 미당의 국화가 바로 그것들이다. 박상봉의 것은 '먼나무'다. 먼나무라는 이름은 나무의 겉이 검은 데서 '먹나무'로, 또는 꽃보다 열매가 더 멋있어서 '멋나무'로 불린 것에서 연유한다는데, 시인은 여기서 더 나아가 멀리 가서 오지 않는 '먼' 나무라는 이미지까지 보탰다. 처음에 어린 소년은 기차를 타고 설렌 마음으로 어딘가로 가고 있었을 것이다. 그런데 도중에 어떤 이유에서건 그 기차에서 내려졌다. 소년은 그 기차가 돌아와 자신을 태워 가기를 기다리고 있다. 그 세월이 하세월이라, 기다리는 기차는 소년의 마음에 멋진 '먼나무'이자 오지 않는 '먼 나무'로 자리했다. 이때 그 나무는 꿈 많은 소년이 가닿고 싶은 세계다.

실제의 삶에서 소년 박상봉은 시인이라는 '먼나무'를 꿈꾸어 왔다. 박상봉은 순박하게도 소년이 자신의 꿈을 이루는 그 단계에 이를 수 있다고 믿어 왔으며, 아직도 믿고 있는 시인이다. 그는 자신의 시를 '반생애의 상처 아물게 하는 약'이라 믿는다(「나의 시는」*). 나아가 그 시가 오랜 세월이 지난 뒤에도 "저절로 나를 찾아왔"(「시가 내게로 왔다」)다고 고백하기까지 한다. 박상봉의 시에서 꿈을 이루지 못한 자신을 의식하는 표정이 자의식의 응달이라면 그 꿈을 맞고 있는 상황을 꾸미는 내면은 자의식의 양

달이라 할 수 있다. 박상봉의 시는 그 응달에서 양달로 나아간다.

3. 시적 공간의 자리옮김, 앨버트로스의 날갯짓으로

박상봉은 청소년기 이름을 날린 문사로 일찍부터 그 삶의 한복판에 문학이 들어차 있었다. 문단 활동도 20대 중반에 일찌감치 시작했다. 1980년대 중후반에는 대구 중심가에 '시인다방'이라는 카페를 열어 10년 가까이 경영하는 특별한 이력도 쌓았다. 그곳에 당대 젊은 문인과 그 지망생이 모여들어 문학과 시국을 논했고, 초청강연과 낭송회를 열어 함께 어울렸다. 그곳은 중앙의 첨단과 권력, 지방의 도전과 허세가 교차되고 조정되는 장소이기도 했다. 그들 어설픈 문청이나 풋내기 신예나 겉멋 든 선배 다수는 이후 이름만 대면 알 만한 문인으로 성장했다. 거기서 이미, 최근 10년 사이 크게 유행하고 있는 '북카페'가 실험되고 젊은이들의 '카공' 풍속도 펼쳐졌다. 박상봉은 많은 동료들을 만나며 문학의 전통을 승계하고 새로운 문학 조류도 수용했다.

그러나 세상에는 광장이 있다면 밀실도 있어야 하는 법. 그곳은 소통과 축제의 광장으로서 개인에게 수용과 각성의 기회를 제공해 주었지만 그 개개인의 내면을 다지는 밀실까지 되어 주지는 않았다. 개인은 광장에서 배운 것을 밀실에서 익히고, 밀실에서 키운 것을 광장에 내놓으며 한껏 성장해 가는 건데, 박상봉에게 그곳은 광장의 기능으로서는 풍족했으나 내밀한 밀실 공간은 되지 못했다. 항상 곁에 있었지만 자신의 것이 아닌 게 너무 많았다. “사랑으로 믿었던 달콤한 말들도/ 내 것이 아니라는 느낌”(「내 것이 아닌 세상」*)이 그에게 찾아들었다. 시의 세상을 위한 것이었다는 명분에 비해 자신에게 돌아오는 것은 “봄이 깊을수록 더 쓸쓸하기만”(「마흔살의 봄」*) 한 그런 것이었다. 첫 시집이 아주 늦어진 것도 이런 연유일 것이다.

내 집은 어디에 있나
문밖에서 여러 날 지내는 동안
돌아갈 집을 잊어버렸네

— 「헌 신발」에서

내 어디 살고 있는지
나를 낳아 주고 길러 준 것이 무엇인지
도대체 누가 햇볕과 그늘을 만들었는지 모른다

— 「내 어디 살고 있는지」에서

현명하기도 하고 처절하기도 한 생태계 보면
생존경쟁으로 굴곡진 내 인생 아무것도 아니다

주변에 포식자 너무 많아 고되었던 삶이며
순간마다 물떼새처럼 뜨겁게 살았던가

—「능청 떨고 싶다」에서

한 숟가락의 설탕을 넣기 전에는
내 삶도 진한 향기를 지녔다는 사실을
알게 된 날이다

—「향기」에서

박상봉의 시는 한동안 '돌아갈 집을 잊고', '받아줄 이 없는' 그런 세상을 떠도는 자아를 그려내는 일에 익숙했다. 이미 '카페의 광장 시절'로부터는 떠나왔지만 고향도 타향도 그의 공간이 되지 못했다. 때로 자신이 서 있는 곳을 모르는, "누가 햇볕과 그늘을 만들었는지 모"르는 무정체성에 빠지기도 했다. "생존경쟁으로 굴곡진 내 인생"을 드러내는 일이 버거웠다. 이 오래고 힘든 방황기는 최근 박상봉 스스로 사회관계망으로 고백한 내용에 따르면 "시 때문에 버린 것들이 너무 많다. 다니던 대학을 버리고 직장도 걸핏하면 팽개쳐 버렸다. 곁에 머물던 여자도 어느날 홀연히 연기처럼 사라졌다."로 요약될 수 있겠다. 이런 노정은 『카페 물땡땡』을 지나 이번 시집까지 은밀하고도 폭넓게 펼쳐져 있다. 그만큼 방황이 깊었고 그럼에도 떠나지 않는 시에 일깨움을 당하느라 괴로웠다. 그런 자의식에서 '뜨겁지 않았던 자신의 삶'을 반성하기도 했고, 나아가 그런 삶도 어쩌면 “진한 향기를 지녔다는 사실”을 뒤늦게 깨닫기도 했다. 세월이 절로 곰삭은 것일까, 충만한 자의식으로부터의 개안일까. 이 연장선에서 박상봉의 시에서 어떤 변화가 일어나기 시작했다.

박상봉의 시는 첫 시집에서 ‘집’과 ‘카페’라는 공간적 배경이 주를 이루었다면, 이번 시집에서는 ‘밖’과 ‘숲’이 두드러진 공간적 배경으로 배치되어 있다.

> 시를 잃고 방안에 틀어박혀 배앓이하는 동안
> 성밖숲이 크게 흔들렸다고 한다
> 나는 방안에서 뛰쳐나와 숲으로 달려갔다
>
> —「성밖숲에 시를 쓰다」에서

시인은 시를 쓰는 방을 나와 “나무의 억센 흔들림”이 있는 숲으로 가고 있다. ‘떠난 사람 오지 않는 간이역’을 버리고 “더는 아무것도 기다리지 않으리”(「거룩한 인연」) 하고 소리치기도 한다. “눈 덮인 천왕봉 젖 냄새 난다”(「우쫄한 시」)의 속리산 천왕봉이나 “안목 바다에 가서 부르튼 발바닥 씻고 온다”(「안목」)의 안목 바다, “오늘 성호공원 단원조각광장에 가서/ 너를 만났다”(「너의 작은 것」)의 단원조각광장 등 실재하는 공간에서 방황을 잇기도 하고 새로운 모색을 하기도 한다. 지명으로 분명히 명기되지는 않지만 「비파나무악기」, 「서쪽에서 부는 바람」, 「말입술꽃」, 「말복」, 「휘파람새」 등에서처럼 시인의 몸이 경험하는 구체적인 장소가 '이상이 실현되는 현장으로서의 문학공간'이 되어 주기도 한다. 그곳은 이제 그에게 "폭우 쏟아지듯 들입다 퍼붓고 싶은데/ 받아줄 이 아무도 없는 세상"(「빗방울처럼」)에 그치지 않는다. 그곳은 점점 "나의 전부가 지워질 때까지/ 밤하늘 별처럼 반짝이는 노래를 불러주었습니다"(「뒤뜰에 오동나무 한그루」)로 자기 가치가 실현되는 세상으로 자리해 간다.

다가간다는 것은 스며드는 일이다
고스란히 곁으로 가서
너와 나, 경계가 없어지고
몸 섞으며 하나 되는 것

다가간다는 것은 사랑하는 일이다
둥글어지고 무르익는 일이다

날마다 누군가에게 다가간다는 그것
얼마나 설레고 흥미로운 일상인가

— 「다가간다는 것」에서

그러나 폭풍이 불어올 때,
온 땅과 땅에 기는 모든 것들과 서 있는 모든 나무와
엎드린 풀들조차 숨죽이고 몸을 숨길 때,
혼자 골고다 언덕으로 올라가 긴 치마를 활짝 펼치고

높은 곳에서 뛰어내려 폭풍 몰아치는 공중으로 몸을 던진다

그 순간, 두 날개로 바람을 힘껏 안고 날아오르는 새의 기적을 보게 된다
두 달 만에 지구를 한 바퀴 돌아오는
세상에서 가장 멀리, 가장 높이 나는 앨버트로스

사람들은 이제 그 새를
'하늘을 믿는 노인'이라고 부른다

그동안 나는 아등바등 살았다
하늘을 원망하고 바람을 외면하고
한 번도 날개를 펼친 적이 없다

이제는 조금 알 것 같다
나의 힘이 아닌 바람의 힘으로 날아야 한다는 것
신천옹(信天翁)이 되고 싶다

— 「새의 날개」에서

첫 시집에 이어 이번 시집에 오면서 박상봉의 시는 집에서 숲으로, 안에서 밖으로 나가는 시적 공간의 자리옮김으로 새로워졌다. 그 숲이나 밖은 시인의 실제 체험 공간이기도 하지만 의미적으로 '안의 자의식'에서 '밖의 자

의식'으로의 나아감을 증명해 주는 기표가 되기도 한다. 이 나아감을 그러나 집/숲, 안/밖의 이분법적 관계에서 이해해서는 안 된다. '안의 자의식'에서 '밖의 자의식'으로의 나아감은 실은 안에서 밖을 지향하고 밖에서 안을 이해하는 어울림을 의미한다. 바로 "다가간다는 것은 스며드는 일"인 것이다. 박상봉의 시적 이력은 어쩌면 떠난 것을 기다리고 있던 시절에서 그 떠난 것을 향해 직접 나아가는 시절로의 이행이다. 그 이행에서 박상봉의 시는 "날마다 누군가에게 다가간다는 그것"의 의미로 "둥글어지고 무르익"고 있다.

"미운 일곱 살"에 "물에 빠졌다"(「푸른 초장의 기억」) 구사일생으로 살아나면서 '청력'의 상당 부분을 잃고 성장하게 된 시인은 한때 "미처 알아듣지 못한 말 남겨둬야겠기에/ 귀를 빼 서랍에 넣어두었다." 그러다 언젠가 서랍을 열었다 그걸 발견한 반가움으로 "귀를 꽂고 나니 바다가" 보이는 신비한 경험을 했다(「귀를 빼 서랍에 넣어두었다」). 이번 시집의 시적 공간은 이 '잃어버린 귀를 꽂은' 불편하지만 새로운 영역에 가 닿아 있다. "거추장스러운 큰 몸통 때문에" 놀림감이 된 채 한 번도 날아본 적이 없는 앨버트로스는 "폭풍이 불어올 때" "높은 곳에서 뛰어내려" 지구 한 바퀴를 "두 달 만에" 돌아오는 '새의 기적'을 보여준다. 박상봉은 이 앨버트로스에 "그동안 나는 아등바등" 사는 동안 "하늘을 원망하고 바람을 외면하고/ 한 번도 날개를 펼친 적이 없"었던 자신의 삶을 빗대며 이제 기꺼이 "공중으로 몸을 던"질 수 있게 된 자신을 드러내고 있다. 앨버트로스가 지구 한 바퀴를 두 달 만에 너끈히 돌아올 수 있었던 건 실은 자신의 힘이 아닌 "바람의 힘" 덕분인 것, 이제 그 공중과 바람이 박상봉의 날갯짓을 기다리고 있다.

* 인용 부분 끝에 *가 표시된 것은 모두 첫 시집 『카페 물땡땡』에 수록된 시다.

박상봉

1958년 경상북도 청도 출생. 1981년 박기영, 안도현, 장정일 등과 『국시』 동인 활동. 2007년 『카페 물땡땡』(만인사) 발간. 여러 지역에서 지역문화산업 기획과 시창작 지도를 하면서 '시공간' 동인으로 활동 중.

곰곰나루시인선 005

불탄 나무의 속삭임

초판 1쇄 발행 2021년 7월 15일
초판 2쇄 발행 2021년 8월 5일

지은이 박상봉 **펴낸이** 임현경
책임편집 홍민석 **편집디자인** 육선민

펴낸곳 곰곰나루
출판등록 제2019-000052호 (2019년 9월 24일)
주소 서울특별시 양천구 목동서로 221 굿모닝탑 201동 605호 (목동)
전화 02-2649-0609
팩스 02-798-1131
전자우편 merdian6304@naver.com
유튜브 곰곰나루
카페 https://cafe.naver.com/gomgomnaru

ISBN 979-11-968502-0-3 (03810)
책값 9,600원